JULES FLEURICHAMP

Queue-d'oseille

Souvenirs de Jeunesse

DESSINS PAR AMABLE DE LA FOULHOUZE

PARIS

A. LEMERRE, LIBRAIRE

PASSAGE CHOISEUL, 27-29

1878

Queue-d'oseille

TIRÉ A 525 EXEMPLAIRES NUMÉROTÉS :

500 sur papier fort teinté . . . . 5 ɴ
25 sur papier de Chine . . . . 10 ɴ

N°

JULES FLEURICHAMP

Queue-d'oseille

Souvenirs de Jeunesse

DESSINS PAR AMABLE DE LA FOULHOUZE

PARIS

A. LEMERRE. LIBRAIRE

PASSAGE CHOISEUL, 27-29

1878

Paris, le septembre 1878.

Mon cher Lemerre,

Vous me demandez de publier une petite Nouvelle que j'ai remise entre vos mains il y a quelques années.

Mon pseudonyme de Jules Fleurichamp est devenu bien sérieux depuis lors.

Mais enfin, on a un faible pour ses vieux péchés.

Qu'il en soit donc ce que vous voudrez.

Exeat.

Votre tout dévoué,

JULES FLEURICHAMP.

. . . . . *L'un, comme Mérimée,*
Incruste un plomb brûlant sur la réalité.

. . . .
. . . .
Cherchez-vous la morale et la philosophie?
Rêvez si vous voulez . . . .

ALFRED DE MUSSET.
(*La Coupe et les Lèvres.*)

Queue–d'oseille

 PRÈS trois heures, je rentrais chez moi. Je sortais du ministère. Mon chemin était le boulevard des Italiens jusqu'à la rue Le Peletier. Passe devant moi une jeune femme qui se retourne et me regarde.

Je la suis.

Elle n'était ni belle ni laide. Elle m'attira machinalement comme un chien errant jusqu'au bout de la rue de Notre-Dame-de Lorette. Je me reprochais la bestialité niaise de ma poursuite, la longueur du chemin devenait ridicule. Je n'aurais pas été jusqu'au bout de ma première curiosité. La boutique d'un marbrier de cimetière avait achevé de changer le cours de mes idées, et j'allais m'en aller par où j'étais venu, quand j'aperçus, chevauchant un peu plus loin une fillette, à la robe retroussée. Elle avait une jambe de chasseresse, un bas blanc bien tiré, des brodequins à la hongroise percés d'œillets en cuivre. Elle portait haut la tête; les rubans de son chapeau claquaient dans le vent. C'était une vraie Marlborough s'en allant en guerre. Justement ma première rencontre rentrait au gîte. Je passai outre et m'attachai à la poursuite de la seconde.

Quel âge avais-je ? Vous me le demandez ?
Trente ans.

Nous étions au pied de la chaussée qui
mène à Montmartre. Elle monte, je monte.
Nous arrivons au roidillon du moulin de la
Galette.

Elle grimpe, je grimpe. Nous étions seuls.
La perpendiculaire du perchoir la mettait en
l'air, moi en bas. Mon astronomie l'embar-
rassa. Elle s'arrêta, se retourna, et se mit à
rire, et moi aussi.

— Vous avez du courage.

— Je suis payé de ma peine.

— Et si j'allais plus loin ?

— Non, vous allez là.

— Qui vous l'a dit ?

— Quand on est au haut de l'échelle, on est
arrivé , et nous sommes au sommet de la
butte Montmartre.

— Vous n'êtes pas bête.

— Mais non.

— En effet, voilà ma maison, c'est-à-dire la maison de grand'mère.

— Et le petit chaperon rouge lui porte un pot de beurre?

— Cinquante francs, Monsieur.

— Et c'est le fruit de quelque joli travail? Elle se mit à rire.

— Cependant, ajouta-t-elle, je peins un peu.

— Vous êtes artiste ?

—...des éventails à cinq francs la douzaine. Je sors du Magasin.

— Et vous ne resterez avec grand'maman que le temps de l'embrasser?

— Mais oui, Monseigneur.

Et elle disparut dans l'allée d'une bicoque située au pied du Moulin de la Galette. L'allée perçait la maison à jour. Au bout de cette lorgnette, on apercevait un Paris vaporeux de lapis lazuli, avec sa poussière d'or.

Comme je faisais ma faction, un plâtrier

trébuchant qui avait le vin sombre, se mit à
me disputer le haut du pavé. Ma grisette qui

accourait lui cassa son ombrelle sur le dos,
ce qui mit le pochard en belle humeur!

Nous dégringolâmes en riant.

— Êtes-vous marié ? me dit-elle.

— Moi, pas plus sérieusement que vous.

— Je vous plais ?

— Beaucoup...

— Tant pis ! je suis un fruit défendu.

— Gardé par un tigre ?

— Vous tromperiez votre maîtresse ?

— Ce serait une fin et un commencement.

— Imprudent !

— Me sacrifieriez-vous votre tigre ?

— Le pauvre enfant ! savez-vous vivre d'amour et d'eau claire ?

— Oui, si l'eau est claire.

— Le diable s'en mêle et il m'envoie depuis quelques mois une foule de jolis garçons comme vous dont je n'ai que faire. On n'y comprend rien, je suis devenue un mystère. Auparavant, je pirouettais comme tout le monde. A présent, je me lance et puis je m'arrête ; je rattrape ma gaieté aussi souvent que je peux. Vous êtes bien tombé. Je me sens toujours légère en grimpant à Montmartre. Grand'mère est si simple de cœur et d'esprit. Ah! Montmartre, c'est mon beau côté. Mais, j'y pense, en bons amis, on peut dîner ensemble: cela vous plaît-il?

— A six heures? où cela?

— Au Moulin-Rouge.

— C'est entendu.

— La main.

— A six heures!

Tous les cabinets étaient retenus à l'avance. Je fis dresser notre couvert dans un bosquet, le mieux fermé de verdure que je pus trouver.

Elle fut exacte.

C'était l'heure de la bacchanale gastronomique du Moulin-Rouge, toasts, verres en mains, vapeur des mets, cris perçants, détonation de l'eau de seltz et du champagne, baisers assis dans le jardin, baisers debout aux fenêtres des cabinets particuliers, chansons, ahurissement des garçons, spirales et dôme de fumée des cigares et, dominant le vacarme, voix tonnante de M. Bardou.

Ma conquête fit une entrée ébouriffante. La traîne de sa jupe, le déluge de plumes de son chapeau, la longue canne de son ombrelle à l'italienne, et sa haute mine carrée furent salués par la galerie d'un mouvement général de curiosité et d'approbation.

Je ne saurais vous dire la tristesse intérieure qui m'envahit. J'avais quitté un petit oiseau jaseur, sans style, comme il en court sur les toits. Je retrouvais une de ces reines de Saba arrivées à leur zénith de ceinture dorée.

Elle était en pays de connaissance. On l'appelait *Queue-d'oseille*.

Elle sauta dans notre bosquet comme une souris qui cherche son trou. Je lui fis bon visage.

— Je vous salue, Queue-d'oseille, vous
êtes magnifique.

— Et pas chère, hein? Tout pour une pro-
menade selon mon cœur.

— Et des gants de Suède à la maître
d'armes, quel chic! Vous êtes donc peintre?

— Pas pour le moment; je suis stagiaire.

— Ah! le seigneur et maître est avocat en
herbe?

— Magistrat en herbe. Notre papa est
fourré d'hermine, et nous avons respectueuse-
ment accroché sa miniature dans la ruelle de
mon lit, à la place d'un Christ en ivoire qui
m'avait bel et bien coûté 35 francs à l'hôtel
des Ventes. Il est en robe rouge; le cadre
est ovale; un simple cercle d'or. L'effet sur
un fond de mousseline blanche est très ga-
lant.

— C'est parfait; et le poupon est aussi gé-
néreux que jeune?

— Certes. Nous croquons sa pension; il

3

emprunte; je me nippe, et nous portons au
Mont-de-Piété.

— Joli garçon?

— Henri? un carlin.

— La queue en trompette?

— Toujours.

Et là, de rire et de nous verser à boire et de
trinquer.

— A vos amours, Queue-d'oseille!

— Dites donc à votre amour, malhonnête.
Est-ce que je les remue à la pelle.

— Dieu me préserve de le croire; mais je m'inscris pour la dixième contredanse.

— Vous voulez dire que je suis très-courue?

— Je n'en doute pas. A qui ne tourneriez-vous pas la tête avec votre teint mat et votre type de négresse, vos grands yeux, vos grands sourcils noirs, votre grande bouche à deux rangs de perles, et ce nez un peu épaté, mais à si larges aspirations, et ces cheveux frisés, si bas sur le front, si bas sur la nuque, et cette ombre de votre lèvre supérieure, et ce brun duvet de vos bras!

— Aïe! aïe! vous allez déchirer ma robe.

En effet, nos jambes s'étaient peu à peu insinuées les unes dans les autres, et comme je me penchais vers elle en l'examinant de plus près, je forçais le pli de son giron.

— Mais d'où vous vient ce surnom si peu en harmonie avec votre personne de *Queue-d'oseille?*

— Je suis née, à ce qu'il paraît, toute rou-

geaude de corps et pâle de visage; et, comme
j'ai été reçue, en venant au monde, dans le
tablier de la fruitière du coin, elle a dit en
riant :

— Qué p'tite Queue-d'oseille !

Henri, qui fait des mots, prétend que je suis
bien nommée, parce que je suis *sûre*. Je ne
devais pas être belle étant petite ; ma mère,
habilleuse de Mme Lacressonière à l'Ambigu,
avait quitté son mari pour un infirmier de
l'Hôtel-Dieu. Je suis la fille de l'infirmier,
et ce ne sont pas des gouttes de rosée que
distillent le théâtre et l'hôpital.

— Ingrate, vous êtes belle et bien portante,
et vous venez de faire une phrase à la Belot.
Vous avez été à l'école?

— Chez les sœurs.

— Alors, vous savez lire et écrire?

— Lire des romans et écrire le livre de ma
blanchisseuse.

— Pas de métier ?

— Pendant quinze jours, marchande d'o-
ranges.

— Et l'Ambigu ?

— Je n'ai pas eu le temps; j'ai été détournée
très jeune.

— Pauvre enfant !

— Le commis-voyageur d'un marchand de
vin de Bercy m'a menée un soir à la foire aux
jambons; j'avais quatorze ans et demi. J'ai
soupé chez lui.

— Ah...

— Oui...

— Sur ce, la toile tombe; entr'acte ! Vingt
ans, n'est-ce pas ?

— Dix-neuf.

— Dix-neuf ans. En quelques mots, vou-
lez-vous achever?

— Ce ne sera pas long. Je suis avec Henri.
J'ai passé l'eau ; j'ai quitté pour lui le quar-
tier latin ; on m'en veut à Bullier; mais cela
ne m'empêche pas, trois fois par semaine, d'y

pincer le cancan et des valses couvertes d'ap-
plaudissements. J'enfonce tout.

Quand nous n'allons pas à Bullier, nous
allons à Valentino, nous soupons avec des
amis. Je me couche à une heure ou deux du
matin; je me lève à onze; je ne sors ni ne
m'habille jamais de jour; nous fumons des
pipes et des cigarettes. Je prépare les absin-
thes; j'ai un talent pour ça. Est-ce que j'aime
plus la danse que le spectacle? Je crois que
oui. Ah! le spectacle? Êtes-vous journaliste?
Vous nous donnerez des billets. Vous avez
compris mon premier malheur, le commis-
voyageur de Bercy.

Mon second malheur, c'est Kornesko le
Valaque.

Je ne vous ennuie pas?

— Certes non! Qu'est-ce que c'était que
ce Kornesko?

— Un rêve d'homme, mis comme un
prince.

Un soir , il m'avait enlevée de Bullier, à la sortie, dans un petit coupé qui sentait le maryland à en mourir, garni de fin maroquin. Le coupé! les glaces ! des miroirs ! J'ai été prise tout de suite. Ma toquade était mêlée de terreur.. Kornesko était beau comme un démon :

grand, maigre, pâle, roux, le nez aquilin, quarante-deux ans; nos amours ont duré toute une semaine. Sa voiture courait le long du quai dans le sens du Gros-Caillou; elle reve-

nait au pas; elle s'arrêtait ensuite à la rencontre du premier fiacre qui passait; Kornesko m'y transportait doucement dans ses bras, à moitié morte.

Un soir, dix billets de mille francs tombèrent de mon corset. Je n'ai jamais revu le Valaque; mais, depuis lors, ma santé est perdue; je ne ferai pas de vieux os; que ceux qui oseront m'aimer se dépêchent; c'est le médecin qui me l'a dit.

—Ah...

—Oui...

Le docteur Piogey m'a avertie. Je suis touchée à mort, quoique je n'en aie pas l'air.

— Et de quel mal?

Hélas ! en découvrant un de ses beaux bras ambrés, elle me fit regarder par derrière au-dessus du coude une petite cicatrice brunâtre, déprimée, tortueuse, à laquelle je n'aurais rien compris si elle n'eût ajouté :

— C'est le bouton du Nil, c'est la peste.

— Mais vous êtes guérie.

— Guérie de la peine de vivre...

Le singulier avertissement que me donnait
Queue-d'oseille me fit changer de visage.

Elle s'en aperçut.

Je craignis que la petite cicatrice n'eût par
réverbération imprimé à mon front un de ces
aigles noirs fulgurants, plaqués à la porte des
maisons avec l'exergue : Assurance contre
l'incendie.

— Mais qu'avez-vous donc ? fit-elle.

— Moi, rien.

Je restai un moment pensif et je trouvai
que cela était bien. Mon parti était pris.

Le dîner terminé, chemin faisant jusque
chez elle, je lui déclarai que même je n'étais
pas marié au vingt et unième. La convention
fut que j'irais prendre le thé le matin et des
œufs frais. Henri se rendait de bonne heure
à une répétition de droit romain.

Ma curiosité était d'abord mêlée de pitié.

Cette pitié, sa beauté l'augmenta; elle s'habillait derrière un rideau, ou tout simplement derrière mon dos ; je la suivais des yeux dans la glace. La transparence du linge, les échappées de chair éblouissantes, la grâce des lignes, la flexibilité des mouvements, les plonges dans l'eau fraîche, les morsures du peigne dans le chignon, l'essai de la taille dans le corset, étaient autant de détails dont je me repaissais comme un lion en cage, car le Kornesko planait sur moi.

Mais que de fois je répondis à un éclair de séduction par l'éclair d'un baiser.

Je devins éperdument amoureux, et Queue-d'oseille aussi. De la tête aux pieds, elle brillait d'un accent de race biblique, de Sulamite.

Je me ruinais en fleurs de serre, en oripeaux barbaresques, en tabac turc, en ajustements à souhaits pour son type de Zingarelle.

Tout m'était permis par l'aimable fille, qui posait devant moi, avec l'attrait d'une lumière

dont on soupçonne cependant le foyer d'être une flamme cuisante.

Je m'abreuvais de ses charmes ; la sensuelle intelligence de mes caresses en composait des philtres enivrants; et ce qui nous jetait dans des spasmes d'une douloureuse volupté, c'est que, pas plus elle que moi, nous ne nous pro-voquions à y mettre le comble.

Sa douloureuse discrétion m'obligeait à l'admirer et à me torturer. Cependant j'ai été quelquefois, je dois l'avouer, à la merci de ses égarements. Nous y aurions succombé si la perpétuelle passion de sa vie, la danse, n'eût redoublé sur ces entrefaites, et la danse accompagnée d'affreux corybantes, bar-bouillée de l'écume des bocks et empestée des vapeurs de l'absinthe.

Que de fois suis-je entré dans la chambre de Queue-d'oseille, et me suis-je arrêté à onze heures du matin devant les rideaux de son lit tirés sur son lourd sommeil, et devant la chaise où se pliait en cassures funambulesques sa robe de bal, et devant le marbre de la commode où ses bottines crottées s'accotaient à un chapeau souillé de poussière !

Je me reprochais d'être le mauvais génie qui la jetait en désespérée dans cet excès d'étourdissement. Je l'entourais de séductions si cruelles par la délicatesse de mes procédés, civilités, hommages, prévenances, choix d'expressions, galanteries, cadeaux, prodigalités inattendues, et par la soif de dénoûment qui nous dévorait tous les deux !

Elle ne m'épargnait pas les scandales de son existence. Elle les étalait même quelquefois avec une ironie farouche, riait d'un brûle-gueule retrouvé dans une boîte à gants, du corset retiré de sa poche, de la casquette qui la demandait chez sa portière. Elle me rendait boue pour encens.

D'instinct, elle se vengeait par d'âpres répliques, mais sans malignité.

Tous les dimanches, le matin, elle allait de très bonne heure déjeuner chez sa grand'mère à Montmartre. Que c'était bon la tartine de beurre trempée dans le café au lait de grand' mère ! Pour faire cette visite, elle ne manquait jamais de s'habiller avec une respectueuse simplicité.

Grâce à moi, elle lisait de meilleurs romans. Son goût s'épurait. Elle se laissait prendre à la magie du style. Le cœur s'attendrissait.

Elle avait cessé d'être dure aux pauvres, et donnait, je crois, sans plus songer à me plaire.

Ensemble, nous riions et nous nous assombrissions jusqu'aux larmes.

Singulières amours où nous étions retenus : moi d'inclination, par la grâce voluptueuse de la femme; elle, par le bon ton et la délicatesse de l'homme du monde !

Pauvre Queue-d'oseille ! nous avons bien pleuré sans nous rien dire. Je ne prévoyais pas la fin de notre histoire, et ne savais com-

5

ment je sortirais de cette géhenne, quand elle
me fut rapportée à un coup de midi sur une
civière abritée d'une toile à matelas. Un
homme de police menait la civière. Elle était
étendue comme morte, les cheveux épars, sa
robe collée à la peau. On l'avait relevée d'un
banc de pierre à la porte du bal Bullier. Elle
gisait là, ivre, par la pluie. J'obtins le silence
sur l'événement. Comme je la mettais au lit,
il me sembla que je la couchais dans sa bière.
Son petit Henri arriva, qui se mit à sangloter
en l'embrassant. Il m'avait quelquefois entr'aperçu. Je le disséquai du regard avec un
secret effroi.

Elle fut longtemps sans rouvrir les yeux.
On se tut, et on lui sourit. Elle parla d'un
cauchemar. Je mis le doigt sur mes lèvres.
Elle voulut me tendre les bras ; elle était
percluse. J'empruntai de l'argent et l'envoyai
aux Pyrénées. Tous les mois, nous échan-
gions une demande et une réponse. Il ne

vint plus de demandes. Je la crois morte. Je
portai le deuil de Queue-d'oseille à peu de
frais. Je ne quittai pas pendant longtemps une
cravate noire qu'elle avait très souvent le
caprice de m'enlever pour la nouer autour de
son col.

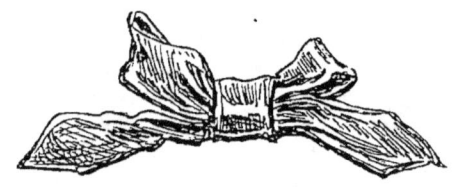

Je restai quelque temps encore dans le
monde de Queue-d'oseille sans retrouver le
charme étrange qui venait de s'évanouir.

Que regrettais-je ?

Était-ce un paradis perdu ? Etait-ce la lutte
du bien et du mal ? Etait-ce l'art d'aimer
d'un moraliste raffiné ? Je l'ignore.

Elle brille dans mes souvenirs, comme, au

milieu de statues de marbre, brillerait le
bronze aux verdoyantes et mystérieuses livi-
dités de la Vénus d'Ile,

www.ingramcontent.com/pod-product-compliance
Lightning Source LLC
Chambersburg PA
CBHW060854180626
46818CB00004B/1706